단 한번 단 한사람

# 단 한번 단 한사람

신구비 글 _ 이춘동 · 박홍미 그림

이가서
Leegaseo publishing

# 서 문

첫사랑을 아름답게 꽃피울 수 있었다면

별이 내 안에 들어와

내 눈을 밝게 해주었던 것처럼

삶의 진정한 의미를 찾을 수 있었을 텐데…….

이 이야기는 나의 친구인 나타나엘 수녀님에게서 전해 들은 것입니다. 나는 단지 들은 이야기를 읽기 쉽게 글로 옮긴 조력자에 지나지 않습니다.

나타나엘 수녀님에게서 이 이야기를 듣는 순간, 나는 온몸에 전율이 일며, 세상에 널리 전하지 않으면 안 될 어떤 사명감마저 느꼈습니다.

이 이야기가 진정한 사랑을 찾지 못하고 헤매는 누군가에게 등대가 되고 나침반이 될 수 있기를 바랍니다. 그렇게 된다면, 작품 속 현덕이 걸었던 길을 찾아 걸으며 이 작품을 갈고 다듬느라 보낸 3년 세월이 결코 헛되지 않을 테니까요.

오래전에 세상을 뜬 은안나에게 이 작품을 바칩니다.


2004년 2월에, 신구비

어느새 노인이 된 현덕이 고목 껍질 같은 손으로 들꽃을 느끼
고 있다.
　지난 40년 동안, 그는 세상에서 가장 아름다운 들꽃을 찾아다니
며 살았다.

원장수녀가 길가에 쓰러져 있던 노인을 생각하고 있을 때, 문 두드리는 소리가 들렸다. 원장수녀가 뒤를 돌아보았을 때, 문 앞에는 나타나엘 수녀가 서 있었다.

나타나엘 수녀는 조심스레 노인의 안부부터 물었다. 그제 병원으로 옮겼던 그 노인의…….

"돌아가셨습니다."

원장수녀의 말에 성호를 긋고 잠시 말없이 서 있던 나타나엘 수녀가 물었다.

"그럼 배낭에 채집되어 있던 꽃들은 어떻게 하지요?"

이제 노인의 유품으로 바뀐 배낭 속에는 약간의 식량과 채집한 꽃과 꽃씨들이 들어 있었다.

"그 노인에겐 연고자가 없습니다."

원장수녀는 나타나엘 수녀에게 노인의 노트를 건네주었다.

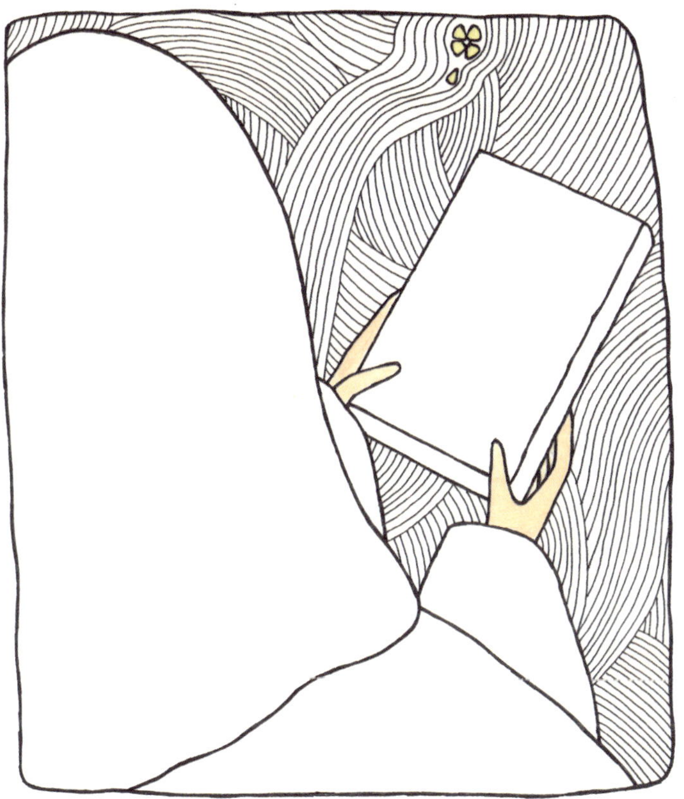

내 나이 스물여섯 살이던 그 해 1961년.
나는 대학을 졸업하고 고향에
내려와 있었다.
그 때 같은 물음은 아니었지만
아버지는 늘 ... 같아
... 나의 대학 ...를 ... 물었다.
... 내려온 ... 날.
나는 마을 밭 ... 나아가 센스를 ...
나는 센스로 연출가가 되길 원했다.
... 내가 마당 살 때 아버지를 잃고 또
... 이윽신 아버지는 내가 ... ...
되길 바라셨다.
나는 연출가로 살고 싶었다. 연출가의 삶
... 다른 관심을과 가치 않았다.
아버지가 원하는 삶과는 ...도
나는 내 ...이 원하는 삶을 살아야
... 사는 이유라는 ...는 지금도 변함이 없다.

나타나엘 수녀는 노트를 받아 들고 나와, 묵상을 할 때마다 자주 가곤 하는 정원의 철쭉나무 옆 잔디밭에 앉았다.

이틀 전, 피정(번잡한 세속의 일상에서 벗어나 조용한 곳에서 기도와 묵상을 하며 자신의 삶을 되돌아보는 것—편집자주)에 다녀오던 원장 수녀와 나타나엘 수녀는 사람 한명 나타날 것 같지 않은 들길에서 남루한 옷과 모자를 쓰고 배낭을 멘 채 쓰러져 있는 노인을 발견했다.
노인의 얼굴에는 길가의 벗나무에서 풀풀 떨어지는 꽃잎이 수북이 쌓이는 중이었다.

노트는 노인의 배낭 속에 채집한 꽃과 함께 들어 있었다.

노트에는 파란 볼펜으로 쓴 깨알 같은 글씨들이 가득했다. 깨끗한 옷 한 벌은 배낭 속에 고이 넣어 둔 채, 거지처럼 남루한 옷을 입고, 노인은 풀꽃씨 가득 담긴 배낭을 메고 어디로 가고 있었던 걸까?

나타나엘 수녀는 노인의 삶이 너무나 궁금했다.

내 나이 스물여섯 살이던 1961년, 나는 대학을 졸업하고 고향
에 내려와 있었다. 우리 집은 그다지 부농富農이 아니었지만, 아버
지는 논까지 팔아가며 나의 대학 뒷바라지를 해주셨다.

그 당시 나는 매일같이 마을 앞 방죽에 나가 색소폰 연습을 했
다. 나는 색소폰 연주자가 되어서 살고 싶었다. 색소폰 연주자의
삶 외의 다른 길에는 관심조차 가지 않았으므로……

하지만 아버지는 내가 중학교 음악 선생님이 되길 바라고 계셨
다. 내가 다섯 살일 때 어머니를 잃고 홀로 나를 키우신 아버지의
소망을 저버리는 것 역시 쉽지는 않았다.
지금도 변함없는 생각이지만, 내 몸이 원하는 삶을 사는 것이
내가 사는 이유라고 생각할 때였으므로 나는 오랫동안 방황만 하
고 있었다.

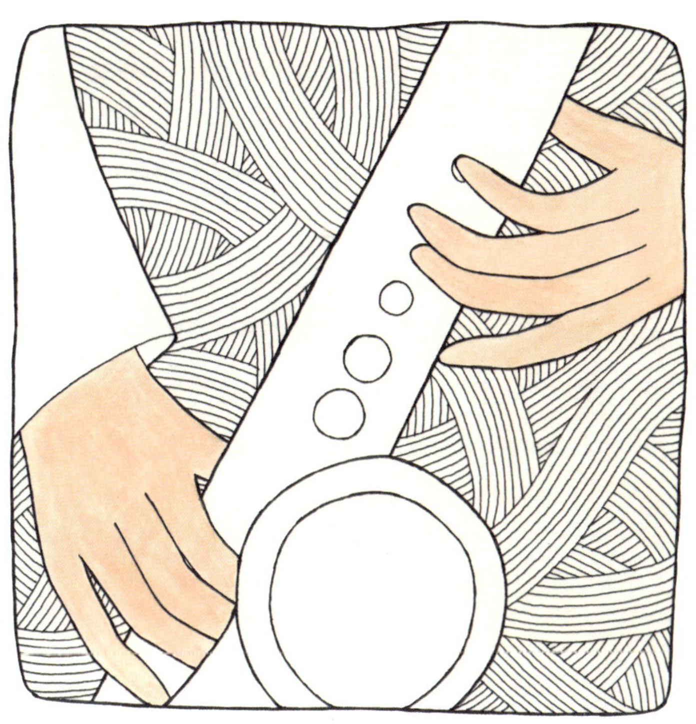

어느 날, 오선지에 악상을 옮겨 적다가 잠시 쉬고 있을 때였다.

등 뒤로 누군가가 지나가는 느낌 때문에 나는 천천히 고개를 돌려 보았다. 풀꽃이 산들산들 춤추는 방죽을 느릿한 걸음으로 걸어가는 한 소녀의 모습은 너무나 아름다웠다. 그녀는 천천히 걸으며 풀꽃들 하나하나에 눈길을 주기도 하고, 멈춰 서서 길게 자란 풀을 만지작거리기도 하고, 풀꽃 향기를 깊이 들이마시기도 했다.

뒷모습이었지만, 나는 그녀에게서 시선을 뗄 수가 없었다. 그녀가 보건소에 다녀오는 길이라는 걸, 그리고 면장집 외손녀란 걸, 나는 단번에 알 수 있었다. 면장집 외손녀가 폐결핵에 걸려 요양왔다는 이야기를 아버지에게 들은 적이 있는데다가, 풀꽃 가득한 방죽길은 우리 동네에서 보건소로 가는 지름길이기 때문이었다.

나는 그녀의 모습이 보이지 않을 때까지 눈길을 거둘 수가 없었다. 치맛자락을 봄바람에 날리며 멀어져가는 그 모습은 지금까지 내가 봐왔던 세상의 그 어떤 아름다움보다도 매혹적이었다.

길은 곧 텅 빈 듯했고, 나는 들고 있던 색소폰을 잔디 위에 툭 내려놓았다.

그녀가 지나가고 난 방죽에서는 들풀과 들꽃들이 산들바람에 춤추었고, 나비들은 아무 일 없었다는 듯 이리저리 나풀거렸다.


나는 한참 동안 그 길에서 눈을 돌릴 수가 없었고, 색소폰을 늘어올릴 힘도 없는 것처럼 마냥 서 있었다.

**내가 살았던** 산자락 마을은 10여 호가 모여 있었는데, 안나
가 요양 와 있는 면장집만 기와집이고 나머지는 초가집이었다.

다음 날도 나는 방죽에 나가 연습을 했다. 작곡을 해볼 요량으로 오선지에 악상을 적다가 아이들이 떠드는 소리가 들려서 바라보니, 방죽 아래 시냇가에서 아이들 세 명이 텀벙대며 맨손으로 물고기를 잡으려 애쓰고 있었다.

그러다가 이상한 느낌이 들어 고개를 돌려보니, 저만치에서 어제 그 소녀가 풀꽃에 눈길을 주며 천천히 걸어오는 모습이 보였다.

그녀의 모습은 어제보다도 더 화사해 보였다. 나는 길 한쪽으로 비켜서서 색소폰을 불기 시작했다. 아무것도 하지 않는 남자가 방죽길을 막고 앉아 있으면 그녀가 지나가기 어색할 테니까.

그런데, 왜 그렇게 가슴이 두근거리던지…….

하지만 한참 지나도 그녀가 등 뒤로 지나가는 느낌은 일지 않았
다. 고개를 돌려보니, 그녀는 오 미터쯤 뒤에 멈춰 서서 나를 쳐다
보고 있었다.

한참 뒤에 그녀는 잡풀을 헤치며 경사진 방죽 아래로 내려가 시냇가에 피어 있는 들꽃향을 한껏 들이켜기 시작했다. 곧장 집에 갈 생각은 없는 듯했다.

나는 그녀를 의식하지 않는 척하면서 색소폰을 불었다. 이 꽃 저 꽃에 얼굴을 들이대던 그녀가 한 순간 내 쪽으로 고개를 돌렸고, 우리는 어색하게 얼굴을 마주쳤다. 다행히 큰 소리를 질러야 들릴 만한 거리여서 어색함은 덜했다. 그녀는 얼른 내 얼굴을 외면하더니 다시 풀꽃들을 찾아다녔다.

　잠시 리드에서 입술을 떼자 땅벌들 윙윙대는 소리와 종달새 지지배배 소리와 아이들이 재잘대는 소리가 쏟아지듯 들려왔다. 그런데 갑자기 그 소리들 속에서 '엄마!' 하는 외마디 비명소리가 튀어나왔다.

　그녀는 자기 앞에 있는 무언가에 질린 듯, 꼼짝 못 하고 서 있었다. 맞은편 시냇가의 아이들도 그녀의 비명 소리를 들었는지 멍한 표정으로 쳐다보고 있었다.

　나는 색소폰을 내려놓고 방죽 아래로 뛰어 내려갔다.

달려가 보니, 그녀의 발 앞에서 뱀 한 마리가 꿈틀대고 있었다.

"물뱀이에요. 독은 없어요."

그래도 그녀는 꼼짝 못 하고 서서 하얗게 질려 있었다. 나는 재빨리 뱀의 머리를 밟고 손으로 집은 뒤, 시냇물로 홱 던졌다. 그녀는 나의 그런 행동에 더욱 놀랐던지 두어 걸음 뒤로 물러나더니, 동그란 눈으로 나를 쳐다보았다.

맞은편 시냇가에서는 아이들이 소리를 지르며 뱀을 맞추려고 자갈을 던져댔다. 물뱀은 방향을 잡지 못한 채 갈팡질팡 헤엄쳐 도망갔다.

시냇물에 손을 씻은 뒤 풀밭으로 올라오자, 그녀가 손수건을 꺼내 건네주었다. 예쁜 무늬가 수놓아진 깨끗한 것이어서 나는 선뜻 받지 못하고 머뭇거리기만 했다. 나는 한 번도 여자의 손수건을 만져본 적이 없었다. 내 귀에는 아이들 떠드는 소리만 와글와글 들려왔다.

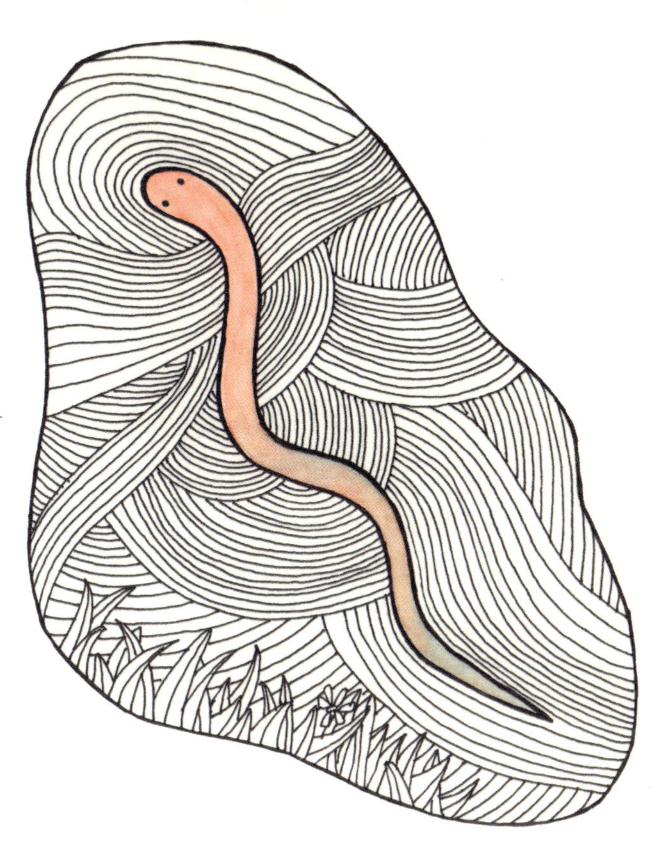

“닦으세요!”

조금 전의 비명 소리와는 달리 그녀의 목소리는 너무나 여리고 고왔다. 그녀의 얼굴에는 자기 손수건으로 젖은 손을 닦아야 감사에 답할 수 있다고 씌어 있었다. 나는 손수건을 받아 물기를 닦아 낸 뒤에 그녀에게 돌려주었다.

“물뱀이란 걸 어떻게 알았어요?”

“시골에서 자란 사람은 누구나 알아요. ……여기에 안 살죠?”

“예, 외할머니 댁에 와 있어요.”

“집은 어디……?”

“서울요.”


그때 워낭 소리가 들렸지만, 나는 그녀에게 정신이 팔린 나머지 그 소리가 무엇을 의미하는지 미처 파악하지 못하고 말았다. 그녀가 방죽 위를 쳐다보며 놀란 표정을 지었을 때에야 나는 방죽길을 올려다보았다. 방죽길로 소 한 마리가 지나가고 있었고, 아랫마을 사는 노인이 고삐를 잡은 채 뒤따르고 있었다.

어느새 암소는 내가 놓고 온 색소폰 가까이로 한 걸음 한 걸음 다가가고 있었다. 뛰어가더라도 옮겨놓기엔 이미 늦은 시간이었다. 소리를 질러도 제대로 이야기가 전달될 만한 거리가 아니었다. 오히려 놀라게 해서 소가 뛰어 달아날 수도 있었다. 노인이 소를 잘 몰아주던지, 소가 색소폰을 피해 돌아서 가주기만을 바랄 뿐이었다.

"소가 색소폰을 밟으면 어떡해요?"

"안 밟을 거예요."

나는 아무렇지도 않은 듯 말했다.

"왜요?"

"소도 음악을 좋아하니까요."

그녀가 벙싯대 웃고 있을 때, 다행히 소가 색소폰을 밟지 않고 살짝 비켜 지나갔다. 그제서야 나는 그녀 몰래 가슴을 쓸어내렸다.

“색소폰을 잘 부시는 것 같아요.”

나는 발로 색소폰을 밟는 듯한 우스꽝스런 동작을 해 보이며,

“부순다고요?”

하고 농담을 했다.

그녀는 소리를 내 해맑게 웃었다.

할 줄 아는 게 그것뿐이라고, 나는 말해 주었다. 그녀가 내 나이를 물어서, 나는 스물여섯이라고 말해 주었다. 그녀는 열여섯 살이라고 했다.

“그럼 고1이잖아. 한참 동생이네?”

그래서 나는 말을 놓기로 했다. 내가 올해 대학을 졸업했다고 알려주자, 그녀는 조금 전에 불렀던 곡의 제목이 뭐냐고 물었다.

"말해도 모를 거야."

"첨 들은 노래인데도 왠지 멜로디가 친숙해요."

"실은…… 내가 만든 곡이야."

"와! 멋지다."

그녀가 외쳐서, 나는 멋쩍게 시냇물로 고개를 돌렸다.

그녀가 은안나라고 자신의 이름을 말해 주어서, 나도 이름을 알려주었다. 현덕이라고.

나는 색소폰을 챙겨와 그녀와 방죽 아래 풀밭을 거닐었다. 그녀는 새로운 풀꽃을 만날 때마다 코를 들이대고 향기를 맡았다. 그러다 말고 나를 올려다보며 그녀가 물었다.

"이거 며느리밥풀꽃 맞죠?"

며느리밥풀꽃을 다 알다니…… 풀꽃에 대해 좀 아는 아이인 것 같았다.

"이 꽃 좋아하니?"

그녀는 야생화는 다 좋아한다고 말했다. 패랭이, 감자난초, 족
두리풀, 연보라 노루귀, 꿩의들꽃, 애기똥풀, 며느리밥풀꽃, 엉겅
퀴, 개불알꽃……. 그녀는 개불알꽃까지 말하다가 얼른 입을 닫
았다.

"괜찮아! 꽃 이름인데, 뭘."

내가 말하자, 그녀는 새침하게 돌아서며 말했다.

"아무도 가꾸지 않는데 아름다운 꽃을 피우는 걸 보면 풀꽃들이
너무 고마워요. 서울 집에서는 엄마가 손수 꽃을 키웠어요. 나는
물 당번이었구요."

여울목 징검다리 앞에서 그녀가 풍선껌을 건네주었다. 껌을 입 안에 넣는 그녀의 입술은 채송화 꽃봉오리처럼 앙증맞았다.

아이들은 어느새 징검다리까지 내려와 돌무더기 아래에 손을 넣고 물고기를 찾고 있었다. 녀석들은 징검다리를 건너는 우리를 부러운 눈길로 쳐다보았다. 특히 그녀가 참외 만한 풍선을 불었을 때였으리라.

징검다리를 건너 자갈밭에 들어서는데, 아이들이 따라오는 기척이 느껴졌다. 우리는 멈춰 서서 고개를 돌려 보았다. 그러자 아이들이 움찔 놀랐다.

"너희들, 왜 따라오는 거야?"

내가 물었다.

"아저씨, 껌 버릴 때 우리 줄래요?"

한 아이가 말했다.

"왜?"

"물로 빨아서, 우리도 풍선 불려고요."

껌도 귀하던 시절이었다. 그녀는 주머니에서 껌통을 꺼내더니 아이들에게 모두 나누어주었다.

**옛 성당이** 있던 건물 터에 가기로 한 날, 나는 마을에서 좀 떨어진 정자나무 아래에 자전거를 세워놓고 안나를 기다렸다. 짧은 치마를 입고 경쾌한 발걸음으로 나타난 그녀는 쑥스러운 듯 미소를 지었다.

"주사 맞으러 가는데 왜 그렇게 멋을 부리냐고 할머니가 물어서, 그냥 성당에 간다고 말했어요."

나는 안나를 자전거 짐받이에 태우고 좁은 들길을 달렸다. 하늘은 맑았고, 풀꽃들은 꽃향기를 내뿜으며 우릴 반겼다. 비탈길을 내려갈 때 그녀는 내 허리를 꼭 끌어안았다. 여자가 내 허리를 껴안은 건 그때가 처음이었다. 나는 너무 놀라서 그만 핸들을 놓아버릴 뻔했다.

안나의 치맛단이 바람에 휘날리고 있었는데, 힐끗힐끗 드러나
는 하얀 다리는 한 편의 시처럼 아름다웠다. 스쳐 지나는 앙증맞
은 풀꽃들도 더 이상 내 눈에 들어오지 않았다.

옛 성당 터 주변은 봄 야생화 천지였다. 몇 년 전까지 성당으로 쓰였지만 다른 곳에 현대식 건물의 성당이 세워진 뒤에 이 곳은 몇 년째 폐허처럼 방치되고 있었다.

안나는 한쪽 뜰에 서 있는 성모상을 보더니 성호를 그었다.

성당 뒤뜰의 야트막한 언덕엔 깽깽이풀, 붓꽃, 창포 등 5월의 풀꽃들이 무리지어 피어 있었다.

"와! 예쁘다."

안나는 애기똥풀을 발견하더니 소리쳤다. 그리고 활짝 핀 애기똥풀 꽃에 코를 들이밀고 향기를 맡으며 떨어지려 하지 않았다.

몇 미터 옆으로 옮기자, 이번에는 붉은 색 하트 모양의 꽃을 주렁주렁 매달고 있는 금낭화가 무리 지어 피어 있었다. 며느리밥풀 꽃처럼 생기긴 했는데, 조금 다르다며 안나가 나를 올려다봤다.

"금낭화야. 아주 보기 힘든 꽃이지."

"아! 이 꽃이 금낭화구나. 라디오에서 들은 적이 있어서 이름은 알고 있어요."

"오염되지 않은 맑은 곳에서만 살아. 그리고 독이 들어 있어."

"독이요?"

"응. 독이 있대."

"성당 뒤뜰에 핀 독이 있는 꽃?"

뭔가를 깊이 생각하는 안나의 표정은 너무나 사랑스러웠다.

"이런 독이 있는 꽃이 있었는데, 우리나라에는 왜 로미오와 줄리엣 같은 사랑 이야기가 없는 거죠?"

"넌 생각하는 게 참 특이하구나. ……하지만, 어쩌면 그런 사랑이 있었을지도 모르지. 우리가 알지 못하고 있을 뿐."

보면 볼수록 안나의 얼굴은 금낭화 꽃처럼 붉고 황홀했다.

우리는 성당 뒤편 언덕 위 풀밭에 나란히 누워 파란 하늘에 구름 몇 조각이 흘러가는 걸 바라보았다. 안나가 하늘을 바라보다 말고 내게 물었다.

"난 혼자 있을 땐 책을 읽어요. 오빠는요?"

"색소폰을 연습하지 않을 때는 노래를 만들거나 소설을 읽어."

"나는 윤동주의 시가 좋아요. 하지만 대학에서는 꼭 피아노를 전공하고 싶어요. 음대에 가서……."

그녀는 내가 음대를 졸업했다는 걸 부러워하는 듯했다. 나는 음대를 목표로 입시 준비 같은 걸 한 적이 없었다. 고등학교 때 우리 밴드부가 전국 콩쿠르에서 1등을 했기 때문에 음대에 장학생으로 입학했을 뿐이었다.

이야기를 듣던 안나가 잠시 눈을 붙이겠다고 말했을 때, 나는 살며시 윗몸을 일으켜 턱을 괴고 안나를 내려다봤다.

안나는 싱그러웠고, 바람에 산들거리는 풀꽃처럼 가녀렸다. 안나 옆으로 핀 노루귀꽃들이 나를 보며 방긋방긋 웃고 있었다.

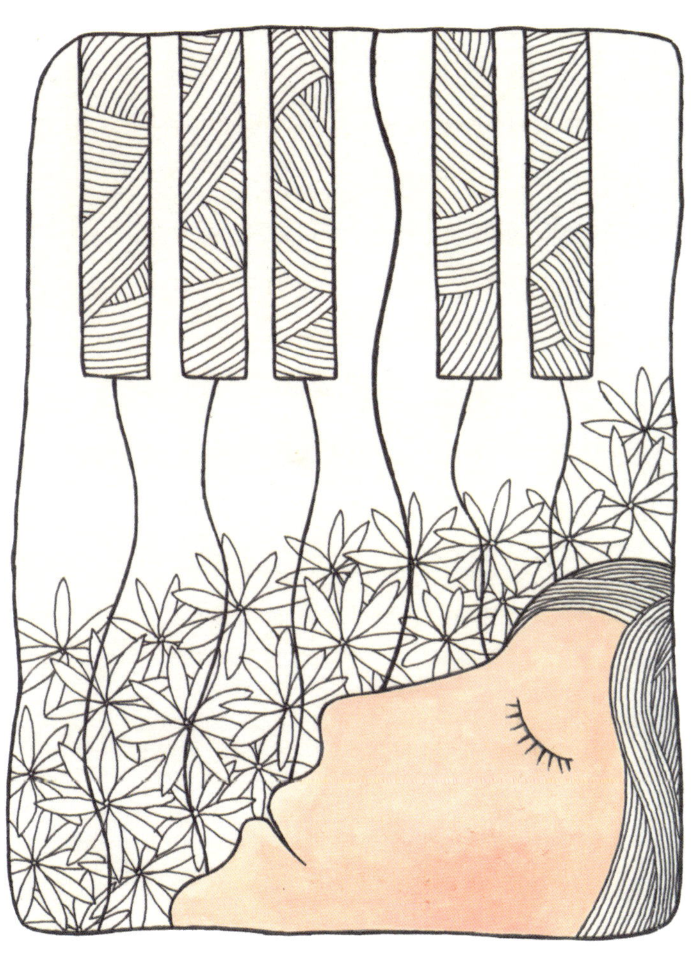

다음 날, 나는 초등학교 3학년 교실에서 1일 음악 선생을 했다.

아이들은 호기심 어린 눈동자로, 내가 들고 있는 색소폰을 쳐다보았다.

"색소폰에는 여러 종류가 있습니다. 지금 제가 들고 있는 건 테너색소폰이라고 합니다. 색소폰은 멜로디 악기이며, 노래를 연주할 수 있습니다."

호기심 어린 아이들의 얼굴을 살피며, 나는 색소폰으로 당시 유행하던 「노란샤쓰 입은 사나이」를 불었다. 아이들은 리듬에 맞춰 박수를 쳤다.

며칠 전, 3학년 담임이라는 여자가 나를 찾아왔었다. 방죽에서 색소폰 연습하는 걸 보았다면서, 아이들에게 집을 물어물어 찾아왔다는 것이었다.

그러더니 음악 시간에 아이들에게 색소폰에 대해 알려주었으면 좋겠다고 부탁을 했다. 그 초등학교에 있는 악기는 풍금 한 대와 탬버린과 트라이앵글 몇 개가 전부라고 했다. 내가 그 학교에 다닐 때도 그와 같았었다.

연주를 멈추고, 나는 아이들을 둘러보며 관심을 유도했다.

"색소폰으로는 새 소리도 낼 수 있습니다."

내가 뻐꾸기 소리를 만들어내자, 아이들은 일제히 "뻐꾸기!" 하고 소리를 질렀다. 이어 까마귀 소리를 흉내내자, 아이들은 일제히 "까마귀!" 하고 소리쳤다. 교실에 있던 아이늘 뿐 아니라, 다른 반 아이들도 복도 유리창에 얼굴을 붙이고 매미처럼 대답을 했다. 유리창에 달라붙은 아이들 중엔 징검다리에서 만났던 아이도 보였다.

뻐—어꾹!

집으로 돌아오던 길에 안나를 만났다. 우리는 연초록 우듬지 나뭇잎 사이로 봄날 오후의 산뜻한 햇살이 쏟아지는 숲길을 같이 걸었다. 멀리서 뻐꾸기 소리가 들려와 나는 색소폰으로 화답해 주었다.

뻐-어꾹!

그러자 뻐꾸기 소리가 더 가까이에서 들렸고, 또 화답하자 소리 는 점점 더 가까이로 다가와 있었다.

안나가 미소를 지으며 신기한 듯 지켜보아서 나는 더욱 신이 났다.

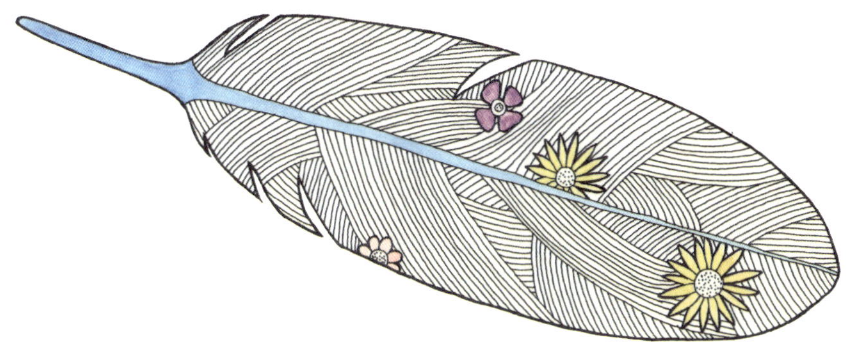

다른 날, 안나와 나는 자전거를 타고 시내와 산속 계류가 만나는 곳을 찾아갔다. 그곳은 언제나 야생화와 검은 물잠자리의 천국이었다.

우리는 몸빛깔이 금녹색인 검은 물잠자리가 날아다니다가, 수초와 나뭇가지 끝에 앉아 날개를 접었다 폈다 하는 걸 한참 동안 말없이 바라봤다.

아름답고 신비한 검은 물잠자리가 날아다니다가 풀끝에 내려앉는 모습은 왠지 신비로운 감흥을 불러 일으켰다. 어느 순간, 안나는 검은 물잠자리에게 다가가 가늘고 긴 팔을 뻗었다. 하지만 검은 물잠자리는 비단 같은 날개를 유유히 나래치며 쏟아지는 투명한 햇살 속으로 날아올랐다.

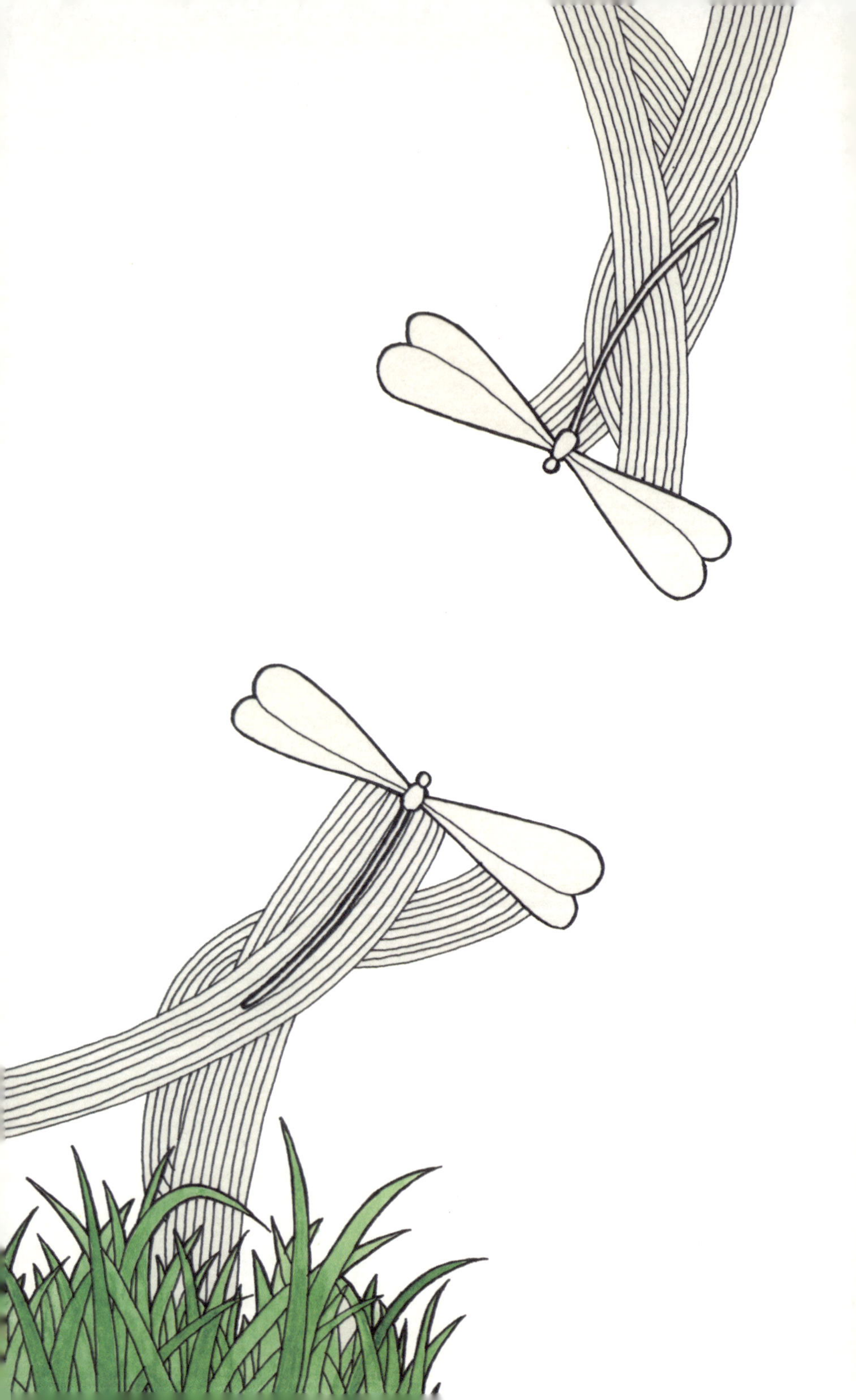

안나는 물잠자리를 쫓아다니기 시작했다. 그러다가 한쪽에서 짝짓기 하는 물잠자리를 발견하자 나에게 뭐 하는 거냐고 물었다.

"사랑!"

안나는 물잠자리 한 쌍을 유심히 관찰했다. 우아하고 아름다운 몸짓으로 수컷이 구애를 하자, 암컷은 날개를 접고 수컷이 몸 위에 앉을 수 있게 배려하고 있었다.

잠시 후, 안나와 나는 맑은 물에 세수하고 바위에 걸터앉았다. 우리가 바위에 앉자 달아났던 물잠자리들이 다시 몰려들어 눈앞에서 계속 아른거렸다.


"세 살 때, 아빠가 돌아가셨어요. 그래서 아빠 얼굴이…… 하나도 생각나지 않아요."

안나가 말했다.

나도 다섯 살 때 돌아가신 어머니 얼굴이 하나도 생각나지 않아서, 가만히 고개를 끄덕였다.

"이렇게 오랫동안 집을 떠난 건 처음이에요."

이야기를 하는 중에 안나는 걸터앉은 바위에서 맨발을 흔들며 애들처럼 발가락을 꼼지락거렸다.

사람의 발가락이 그렇게 사랑스러울 수도 있다는 걸…… 나는 그날 처음 알았다.

안나를 바래다주고 집으로 돌아오자 마루에 매달린 백열전등이 마당까지 환히 비추고 있었다. 닭들이 담 아래 꽃밭 앞의 모이통에서 허기진 듯 사료를 쪼고 있었다. 그제서야 나는 하루 종일 닭 모이 주지 않았던 걸 깨달았다.

'닭들아 미안해!'

불 켜진 부엌으로 다가가자 아버지가 저녁을 짓다 말고 밖으로 나오며 말했다.

"하루 종일 어디 가 있었냐? 나팔도 집에 놔두고."

거실의 라디오에서는 저녁 뉴스가 시작되고 있었다. 나는 대답도 변명도 할 수가 없었다.

"니 친구들 다 취직하고, 장가 가서 돈 벌려고 눈이 벌건데, 음악 선생 안 할 거라면 집이라도 지키고 있던지……. 닭이 종일 굶다가, 내가 들어서니까 환장을 하더라."

나는 아무 말도 못 했다.

"그리고 초등학교 찾아가서 왜 나팔로 뻐꾸기 소리는 낸 거여? 약장사 쫓아다닐 거냐?"

나는 여전히 마당에 우두커니 서 있었다. 병아리 한 마리가 발 아래로 다가와 신고 있는 신발을 쪼며 삐약거렸다. 아버지는 화를 삼키려는지 마루에 앉아 줄담배를 피우더니, 하얀 고무신을 끌고 대문 밖으로 나가버렸다.

하지만 울적해진 내 감정도 라디오에서 나오는 여자 아나운서의 말 한마디에 반전이 되었다.

내일 밤은 사상 최대의 별똥별이 밤하늘을 수놓을 것으로 예상됩니다.

천문대는 내일 밤에 시간당 1만 개가 넘는 유성우가 우리나라 상공에 떨어질 것으로 예측하고 있습니다.

시간당 1만 개의 별똥별이 나타나는 현상은 백 년에 한 번 있을까 말까 한 일입니다.

나는 이른 아침에 일어나, 방죽길로 나가 물안개가 피어
오르는 시냇물을 바라보며 색소폰을 불었다.

새벽이슬을 머금은 풀꽃들이 내 신발 옆에서 활짝 웃고 있었다.
그 풀꽃들은 해가 솟아오를 무렵엔 모두 안나의 얼굴로 변했다.

시냇물 위로 뛰어오르는 피라미들을 보고 있자니 안나와 내가
함께 물놀이를 하고 있는 것처럼 느껴지기도 했다. 내 마음에서,
내가 서 있는 위치에서, 나는 안나를 생각하며 한없이 행복했다.

**시냇물과** 개구리 소리만 들리는 밤.

나는 유성우를 보기 위해 방죽으로 나갔다. 물론 혼자가 아니었다. 한 달 전쯤인 4월 12일에 소련의 우주비행사인 '유리 가가린'이 지구 궤도를 1시간 48분 동안 선회한 일이 있었다. 하지만 우리는 유리 가가린이나 나사NASA에 관한 이야기는 한마디도 꺼내지 않았다.

잔디 위에 나란히 누워 숨을 죽인 채 별을 바라보고 있을 때, 안나가 물었다.

"오빠는 하느님을 믿어요?"

"그럴지도 모르지."

"믿어요, 안 믿어요?"

"너처럼 성당에 다니는 건 아니야."

"그럼 운명은 믿어요?"

안나는 그 말 끝에 갑자기 기침을 두 번 했다. 그리고 한참동안 호흡을 골랐다.

그제야 나는 그녀가 요양 와 있다는 걸 새삼스레 깨달았다. 다행히 안나의 숨소리는 다시 평안해졌다.

"넌 꿈이 뭐니?"

"그건, 왜 물으세요?"

"별똥별이 떨어질 때 소원을 빌어주려고."

그녀를 위해서라면, 나는 뭐든지 다 해주고 싶은 마음이었다.

"빨리 몸이 나았으면 좋겠어요" 하고 말하더니, 안나는 "어! 별똥별!" 하며 밤하늘 한쪽을 손가락으로 가리켰다.

하지만 나의 눈엔 반달만 보였다. 별똥별을 찾기보다는 별빛으로 빛나는 안나의 얼굴을 보는 게 더 좋았다.

"봤어요?"

"아니."

"또 나타났어요."

하지만 밤하늘을 가로지르는 유성은 금세 사라졌다.

우리는 방죽 풀밭 위에 나란히 누워 별똥별이 어느 쪽에서 밤하늘을 긁고 지나갈지 기다리고 있었다.

"오빠, 여자친구…… 있지요?"

단정 짓듯, 안나가 물었다.

"아니."

"믿어지지 않아요. 하지만 그렇게 믿고 싶어요."

"믿어도 돼."

"사랑은 해보셨지요?"

"응."

"누구였는데요?"

"아홉 살 때 돌아가신 엄마."

"엄마 말고 사귄 여자는 없었어요?"

"없어."

"나도 없었어요."

"넌 어리니까."

"저…… 어리지 않아요. 그냥 열여섯이 아니라, 만으로 열여섯이라니까요."

곧 쏟아져 내릴 것 같은 별무리 사이에는 반달이 그림같이 걸려 있었다.

처음 안나를 보았을 때부터 나는 내 나이를 잊었다.

"오빠 사랑이 뭐라고 생각해요?"

"그 사람만 생각해서…… 보고 싶고 그립고, 보고 싶고 그립고……."

안나가 말을 받았다.

"순수하고, 아름답고, 운명적이고……."

안나는 밤하늘을 바라보다가, 시를 흘리듯, 독백하듯 말을 쏟아냈다.

"저 반달이 내 안에 들어와 있어요."

"내 가슴에도 저 달이 들어와 있어. 아까부터……."

"정말요? 나 따라하는 거 아니죠?"

안나가 옆으로 돌아눕더니, 내 얼굴을 바라보다가 들릴 듯 말
듯 말했다.

"우리 반달을, 하나로 합치지 않을래요?"

안나는 열여섯 살이었다.

나는 옆으로 돌아누워 안나를 마주보았다.

나이 차이 같은 건 생각나지도 않았다.

그녀의 얼굴은 달빛에 아름답게 빛났다.

"나와 입을 맞추면 전염될지도 몰라요. 좋아하는 사람이 생기
면 내가 먼저 키스하려고 했는데…… 병을 옮기지나 않을까, 걱정
해야 하다니……."

나는 상체를 살짝 일으켜 안나의 얼굴을 내려다보다가, 벌이 꽃
에 내려앉듯 그녀의 입술에 살포시 내 입을 맞추었다.

하늘에선 별똥별이 수없이 떨어져서 한 개 한 개 손으로 가리키기도 힘들 정도였다.

우리의 눈동자 속에서도 별똥별이 지나갔다.

나의 팔을 베고 누워 침묵 속에서 밤하늘을 지켜보던 안나가 말했다.

"아! 지금 죽었으면 좋겠어요!"

"왜 갑자기 그런 말을 해?"

"이런 아름다운 날은 두 번 다시 올 수 없을 것 같다는 생각이 들어요. 내일 지금과 똑같은 밤하늘을 본다고 해도 지금 같지는 않을 거예요. 내 눈도 변하고 자연도 변할 테니까……. 차라리, 시간이 지금 멈췄으면 좋겠어요."

"나는 더 살고 싶은데?"

"지금 너무니무 행복하니까 그러는 거죠! ……오빠는, 지금, 행복하지 않아요?"

우리는 매일 만났다. 들꽃을 보고 나면 안나는 늘 나의 색소
폰 연주를 듣고 싶어 했다.

　나는 색소폰을 불 수 있게 나를 지켜주는 신께 감사하며, 리드
를 입에 물고 눈을 감았다.

어느 날, 징검다리 앞에 이르러 물속의 피라미들이 노을빛을 받으며 물 위로 뛰어오르는 걸 바라보고 있을 때였다. 갑자기 안나가 내 뺨에 키스를 하더니 징검다리를 깡충깡충 뛰어서 건너기 시작했다. 징검돌 사이를 빠져나가는 시냇물처럼 안나는 자유로워 보였다.

징검다리 가운데쯤에서 멈춘 안나는 뒤돌아보더니 나를 향해 소리쳤다.


"나 빨리 나을 거야, 오빠! 대학교도 가고, 오빠의 신부가 되어서 웨딩드레스도 입을 거야!"


나는 감격스러워서 아무 말도 하지 못했다. 목을 타고 뜨거운 뭔가가 자꾸만 치솟아 올랐고, 눈물도 흘러내렸다. 세상에서 그녀만큼 사랑스러운 존재는 다시없을 것 같았다. 사람과 자연을 통틀어서도.

"정말이야! 나 오빠하고 결혼해서, 오빠 아기 낳고 싶어. 나와 오빠를 꼭 빼닮은 아기……."

나도 큰 소리로 대답하며 안나를 좇아갔다.

"네가 만 열아홉 살이 되면 너하고 결혼할 거야. 나도 너 없인 살 수 없어."

안나는 손등으로 눈가를 닦았다. 징검돌 사이로 쏠려 내려가는 물줄기보다도 더 세찬 눈물이었다. 나는 안나를 꼭 끌어안고 말했다.

"세상에 다른 행복이 있다고 해도, 지금 내가 결정한 것은 바뀌지 않아. 너의 곁에서 언제나 널 지켜줄 거야."

그런데 갑자기 저쪽 징검돌 뒤에 숨어 있던 아이들 세 명이 머리를 쏙 내밀더니, "연애한대요! 연애한대요!" 소리치다가 달아나기 시작했다. 깜짝 놀란 안나는 곧 환한 얼굴로 달아나는 아이들에게 소리쳤다.

"얘들아! 이건 연애가 아니야. 약속하는 거야!"

저녁에 대문을 열고 집 마당으로 들어서는데, 아버지가 수돗가에 지게를 세워놓고 낫을 갈다가 말했다.

"서울서 편지 왔다. 석진이가 음악 하는 친구 맞지?"

석진이는 고등학교 때 밴드부에 함께 있던 친구였다. 나는 대학에 진학했지만 석진이는 기타로 악기를 바꾸어 미군부대에서 재즈 연주를 하고 있었다.

나는 마루에 걸터앉아 편지봉투를 뜯었다. 편지 속에는 내가 원하던 꿈을 펼칠 수 있는 길이 들어 있었다.

"무슨 편지냐?"

"서울에 일자리가 생겼다고…… 올라오래요."

"나팔 부는 일자리냐?"

나는 아버지 눈치를 살피다가 사실대로 말했다.

석진이는 미군부대를 나와서 그룹사운드를 시작하려고 팀을 모으는 중이라고 했다.

"올라가봐라. 이 촌구석에서 빈둥대는 것보단 낫겠지. 하지만, 뭐든지 하려거든 목숨을 내놓고 혀야 한다."

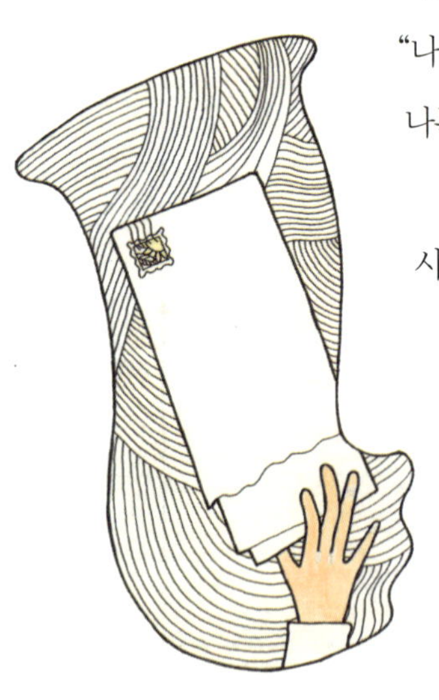

**다음 날** 나는 안나를 만났다. 그 소식을 전해야 했다.

나는 인적이 드문 길에 제멋대로 자라난 잡풀 위를 안나와 손을 잡고 걸었다. 오솔길 곳곳에 풀꽃들이 무리지어 피어 있었다.

풀꽃을 보는 안나의 잔잔한 미소는 꽃빛을 그대로 머금은 채 빛나는 것 같았다. 하지만 나는 음악을 하러 다시 서울로 올라갈 거라는 말을 해야만 했다. 어쩌면 오늘이 이곳에서의 마지막 만남이 될지도 모른다는 말을……

하지만 나는 그 전에 산 너머에 있는 저수지를 안나에게 보여주고 싶었다. 그곳에서 조각배도 태워주고 싶었다. 이곳을 떠난다는 말은 일분일초라도 늦추고 싶었다. 이 고장에서 가장 즐거움을 줄 수 있는 장소에서 한 순간이라도 행복한 한때를 선물하고 싶었다. 서울로 간다는 밀은 집으로 돌아오는 길에 하면 될 테니까.

"오빠, 나 요즘 많이 큰 것 같아. 나 피아노 더 열심히 연습해서 꼭 음대에 붙을 거야. 엄마도 기쁘게 해주고, 오빠 작곡하는 일도 도와주고……"

"작곡 도와주려면 청음을 잘해야 할 텐데?"

“연습 많이 할 거야. 나 정말 공부도 잘하고, 음악도 잘하고, 그리고…… 현모양처가 되고 싶어.”

환하게 웃는 안나를 보며, 나는 색소폰으로 멜로디를 불어주었다. 안나에게 청음 감각을 키워주기 위해서.

공부하듯 집중하던 안나는 갑자기 나무 옆에 핀 풀꽃을 보고 달려가더니 허리를 굽혀 꽃향기를 맡았다. 그 모습은 너무나도 사랑스러웠다.

우리들은 주변에 난 예쁜 풀꽃들을 찾아다니며 일일이 향기를 맡았다. 그런데, 풀꽃에 얼굴을 들이대던 안나가 해쓱하게 변한 얼굴로 느닷없이 말했다.

“오빠! 이 꽃에서 피 냄새가 나!”

나도 그리로 가서 향기를 맡아봤다.

“향기가 좋기만 한데?”

안나는 의아한 표정을 지었다. 그리고 순간, 그녀의 얼굴에 공포가 일렁이는 듯했다.


아, 나는 그때 아무것도 몰랐었다.

오솔길을 빠져나오자, 잔물결 이는 맑은 저수지가 우리를 맞아주었다. 갈대 무성한 물가 쪽으로 걸어갈 때는 물총새 한 마리가 하늘로 푸드덕 날아올랐다. 나는 그녀와 함께 하늘을 올려다보았다.

물총새가 날아간 쪽에 조각배가 떠 있었다. 마을의 누군가가 고기를 잡으려고 갖다 놓은 배.

저수지 물가로 걸어가자 나무들이 물 위에 거꾸로 누워 세수를 하고 있는 듯했다.


안나를 태우고, 쑥쑥 자란 갈대를 헤치며 저수지 가운데까지 노를 저어 갔을 때였다. 안나가 갑자기 심하게 기침을 하기 시작했다. 내가 걱정이 되어 바라보자, 안나는 핼쑥한 얼굴로 애써 미소를 지어 보였다. 그러더니 이내 조각배가 만들어내는 물살로 시선을 돌렸다. 그리고 한동안 힘들게 숨을 내쉬더니, 내 얼굴을 바라보며 말했다.

"오빠, 내 부탁…… 하나만 들어줘."

“그래, 말해 봐.”

“내가 눈 뜨라고 할 때까지, 오빠…… 눈 감고, 색소폰 불어줄래?”

“무슨 곡?”

“내가 오빠를 처음 방죽길에서 보았을 때, 오빠가 불었던 노래.”

그 곡은 내가 작곡한 노래였다.

“대신 연주 끝날 때까지 눈 뜨면 안 돼. 알았지? ……이유는 묻지 말고.”

안나의 목소리는 점점 더 작아졌지만 나는 아무런 눈치도 채지 못했다. 아! 나는 그때 아무것도 몰랐다. 나는 노를 놓고 색소폰을 불기 시작했다.

그러다가 안나의 심한 기침 소리가 들려 눈을 떠보니, 그 장면이 눈앞에 펼쳐져 있었다. 한 번도 상상해 보지 못했던 장면.

가슴을 끌어안은 안나는 조각배 밖으로 얼굴을 내밀고, 저수지 물에 피를 토하고 있었다. 안나가 아프다는 건 알고 있었지만, 그렇게까지 심하게 아픈 가슴으로 지금까지 나를 만난 줄은 몰랐다.

내가 어쩔 줄 몰라 하는 사이, 안나는 내가 색소폰 연주를 멈춘 걸 알고 나를 올려다보았다.

안나의 얼굴은 핏기라곤 하나도 남아 있지 않은 듯 창백했다.

"보았구나? 안 보았으면 좋았을 걸……."

노를 젓지 않았지만, 배는 계속 나아가고 있었다.

나는 손수건으로 안나의 입가에 묻은 피를 닦아주었다.

저수지 수면 아래에서는 안나가 토해 놓은 핏물로 잉어와 붕어들이 몰려들어 아가미를 들썩이며 물을 삼켜대고 있었다. 물고기들이 몸을 꿈틀거릴 때마다 핏빛에 물든 비늘이 처연히 번쩍였다.

안나는 핏기 없는 얼굴로 웃더니 말했다.

"오빠! 나, 춥다. 집에 가고 싶어."

안나를 안고 조각배에서 내려 산길과 들길을 지나 보건소까지 데려다주는 동안, 나는 계속 울었다.

당시 내 고향의 병원이라고는 보건소가 전부였다.

어찌나 숨을 갸르릉거리던지…… 나는 너무나 걱정이 되었지만 안나를 안고 달릴 수도 없었다.

"안나야, 이겨내야 돼. 금방 병원에 데려다줄게!"

나는 계속 울며 중얼거렸고, 안나는 아무런 대답도 하지 않았다. 대답을 하면 피를 더 쏟을까봐, 어쩌면 말을 아끼고 있는지도 몰랐다.

안나의 팔등에 주삿바늘이 꽂힐 때도 나는 계속 울었다. 의사와 간호사가 힐끗힐끗 쳐다보았지만, 눈물은 멈추지 않고 계속 흘러내렸다.

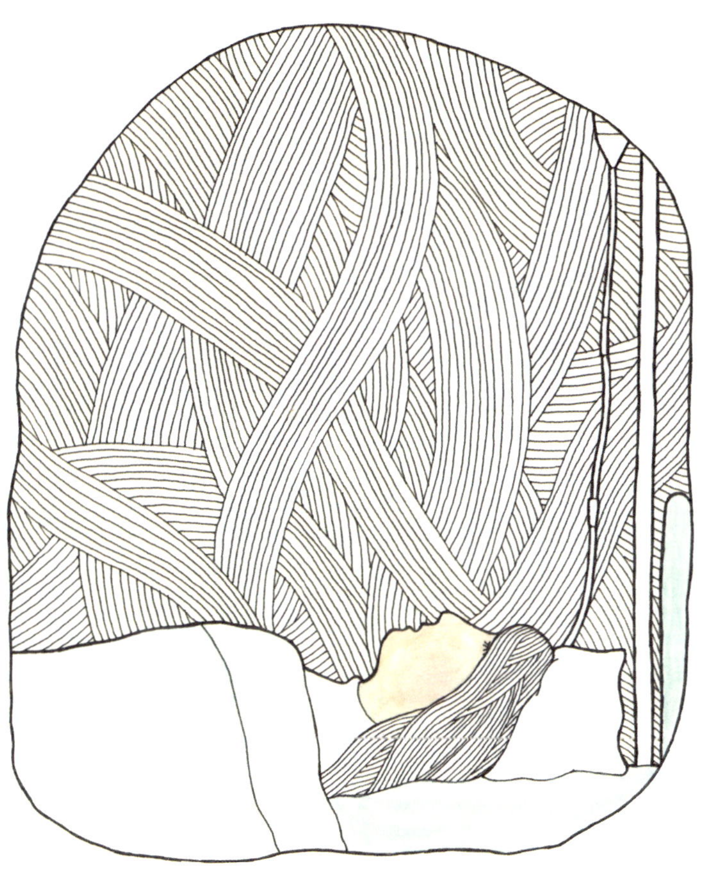

**다행히 안나는** 며칠 뒤에 퇴원할 수 있었다. 하지만 밖으로 나다니지 말라는 의사의 충고에 따라, 집 안에서만 지내야 했다.

나는 매일 안나에게 병문안을 갔다. 갈 때마다 안나가 좋아하는 들꽃을 깡통에 심어, 그녀의 창문 아래에 놓아두었다. 안나가 창문을 열면 언제나 볼 수 있도록.

사랑한다는 말을, 힘내라는 말을, 안나에게 꽃을 전하는 것으로 대신하며 나는 그녀 곁을 지켰다.

음악을 하고 싶었지만, 그런 안나를 두고 내 희망만 좇을 수는 없었기에 말도 꺼내지 않았다.

안나도 나와 단 하루라도 떨어져 있고 싶지 않은 듯했다. 아침에 눈을 뜨면, 오늘도 새로운 들꽃을 볼 수 있겠다는 기대 때문에 힘이 난다고 했다.

나도 안나를 위해 새로운 들꽃을 찾아다니는 게 너무 행복했다.

안나는 하루하루 새로운 꽃들을 보는 게 유일한 즐거움이었다. 하지만 몇 주 지나지 않아 마을 주변에 있는 들꽃들은 거의 다 캐서 보여주게 되었다.

그래서 나는 먼 습지나 산으로 새로운 꽃들을 찾아다녔다.

그러던 어느 날, 안나의 창 옆에 상사화 화분을 놓아주는
데 안나의 할머니가 나를 불렀다. 나는 처음으로 안나네 집에 들
어가게 되었다.

안나 할머니는 고맙다는 말부터 했다. 안나를 그처럼 아껴주는
사람은 세상에서 총각밖에 없을 거라고……. 나는 안나의 창문 밖
에 있던 들꽃들을 안나의 방으로 옮겨주었다. 비가 오는 날에도
안나가 꽃을 볼 수 있도록.

"오빠, 만약에 내가 죽는다면…… 내 무덤에 꽃 가져다줄 거
야?"

"당연하지. 하지만 아흔아홉 살까진 죽으면 안 돼."

"오빠, 착하구나! 그럼 아흔아홉 살에 내가 죽으면, 오빠가 그때
도 꽃을 가져다줄 거야?"

"너 바보 아냐? 그때면 내 나이가 백 아홉 살인데, 그 나이에도
내가 네 무덤에 꽃을 바쳐야겠니?"

"그럼?"

"종이컵에 수주 따라 마시면서, 마른 북어를 씹을 거야."

"치! 그 나이에도 이빨이 좋을까봐?"

"그럼 묵을 씹지, 뭐. 도토리묵."

"실망이야. 난 오빠가 성실한 사람인 줄 알았는데, 알고 보니 썰
렁한 사람이잖아."

　오랜만에 환하게 웃는 안나의 얼굴을 보니 내 걱정도 한 순간에 사라져버리는 것 같았다.

　안나는 금방이라도 자리를 털고 일어날 것 같았다.

　하지만, 한 달이 지난 뒤에도 안나는 대문 밖으로 나오지 못했다.

　새로운 꽃을 보고 싶어 하는 바람은 여전했다. 나는 안나를 위해 무언가를 할 수 있다는 게 너무나 좋았기에 색소폰을 메고 온종일 새로운 들꽃들을 찾아다녔고, 다리가 아플 땐 바위에 걸터앉아 연주를 했다. 동네 사람들이 나를 비웃는다는 것도 알고 있었고, 아버지의 충고도 수없이 들었고, 서울로 빨리 올라오라는 석진의 전보도 여러 차례 받았다. 하지만 나는 안나가 다 나을 때까지 그녀 곁을 지키기로 했다.

그러던 어느 날 안나가 말했다.

"오빠, 솜다리라고 들어봤어?"

"못 들어봤는데……, 이름이 참 예쁘구나?"

"그치, 예쁘지?"

"그래, 너처럼 예쁘다."

안나는 활짝 웃었다. 그날따라 안나의 얼굴엔 생기가 돌았다.

"오빠, 그럼 에델바이스는 들어봤어?"

"응."

"같은 꽃이래. 라디오에서 들었는데, 천 미터가 넘는 아주 높은 산 바위틈에만 사는 국화과 여러해살이 풀이래. 그런데 그 꽃이 그렇게 순수하고 청초하고 고결하대."

"캐다 줄까?"

나도 모르게 그 말이 튀어나왔다.

"정말? 그럴 수 있겠어?"

"안나를 위해서라면 뭐든지 할 수 있어."

"하지만…… 오빠한테 너무 미안한데."

"미안하긴. 그게 나의 행복인데."

안나는 행복한 웃음을 지었다.

**세상에는** 수많은 사람이 있다. 그들 모두가 누군가와 하나가 되기 위해 일생을 바쳐 일하고, 뭔가를 찾아 헤맨다. 나 또한 그런 사람 중의 하나이고, 그 사랑을 찾은 것이다. 처음 본 순간부터 가슴이 떨리게 만들고, 운명임을 느끼게 한 바로 그 사람을 만난 것이다.

그런 사랑은 한 남자와 한 여자의 일생에 단 한 번뿐이라고 믿는다. 그 사람이 아니면 다른 사람으로는 결코 채워질 수도 이뤄질 수도 없는 것이라고…….

나에게 그 사람은 안나였다. 그런데 그 사랑이 병중에 있다면, 세상의 그 누구일지라도, 사랑하는 사람을 위해 자기의 일생을 내던지는 건 당연하지 않을까. 나 또한 그런 평범한 사람 중의 한 사람일 뿐이었다.

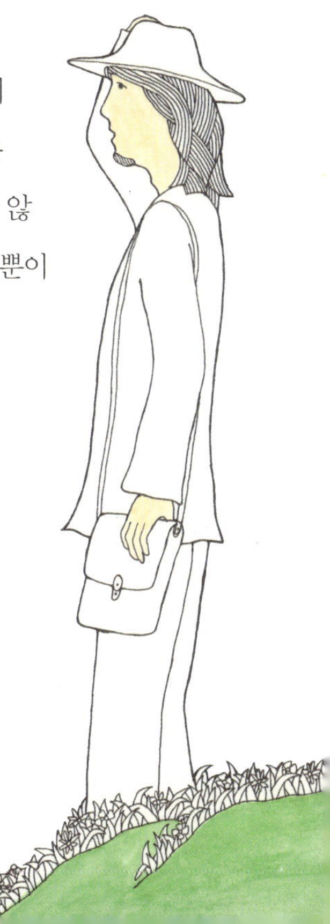

나는 안나를 위해 고향을 떠나 백두대간을 헤매고 다니기
시작했다.

에델바이스는 설악산이나 소백산 같은 천 미터 이상 고산지대
의 바위틈에 서식한다는 것이 내가 알고 있는 정보의 전부였다.
그나마 도서관에서 찾아낸 사진은 모두 흑백이었다. 하지만 눈앞
에 나타난다면 알아볼 수 있을 거라는 자신감을 가지고 나는 산을
오르고 또 올랐다.

솜다리라고도 불리는 에델바이스를 찾아다니는 동안, 나는 세
상이 넓다는 걸 처음 알았다. 고향의 들꽃만 알던 나는, 안나가
아직 한 번도 보지 못한 야생화들이 얼마나 많은지를 알고 깜짝
놀랐다. 수백 종도 넘는 것 같아 일일이 채집할 엄두는 낼 수도 없
었다.

어느 날은 노루가 올무에 걸려 있는 걸 발견하고 풀어주기도 했
다. 노루의 눈빛은 너무나 슬퍼 보였다. 노루는 내 곁을 이틀 동안
이나 따라다니다가 사라졌다. 나는 그 산을 뒤져 모든 올무와 사
냥 도구들을 치워버렸다가 사냥꾼들에게 들켜 몰매를 맞아야 했
다. 다행히 훈련 나왔던 군인들에게 발견되어 큰 화는 면할 수 있
었지만.

　7월 어느 날 아침, 나는 드디어 하얀 솜털로 온몸을 두르고 노란 꽃을 피운 에델바이스 군락지를 발견했다. 한 달이 넘도록 찾아다녀도 보이지 않던 에델바이스가 설악산 어느 산자락의 바위 틈에 넘치도록 피어 있었던 것이다.

'하루라도 빨리 안나에게 에델바이스를 보여주어야지!'

고향의 방죽길을 다시 보았을 때 얼마나 감격스러웠던지 모른다.

나는 집에는 들르지도 않고, 안나네 집부터 찾아갔다.

그런데 안나네 집 앞에 이르렀을 때, 사람들이 모여 서 있고, 골목 한쪽에 상여가 꾸며져 있는 게 보였다. 순간 머리가 어지러웠지만, 설마 꽃다운 안나가 죽었으리라고는 상상도 하지 못했다. 그저 칠순이 넘은 그녀의 외할머니가 돌아가셨으려니 생각했을 뿐.

저만치 방죽이 내려다보이는 산중턱. 안나의 관이 들어갈 텅 빈 구덩이를 들여다보는 순간, 나는 안나 대신 뛰어들어 눕고 싶어서 오열했다. 흙덩이 이불을 내가 대신 덮고 세상과 이별할 수만 있다면! 그래서 안나가 살아날 수만 있다면…….

성당에서 온 사람들은 성가를 불렀고, 안나의 친구인 듯한 서울에서 온 여고생들은 소리 내어 엉엉 울었다. 십자무늬 선명한 관 위로 흙덩이가 떨어질 때, 나는 이 세상이 내 가슴에서 떨어져 나가는 걸 보았다.

장례식이 끝난 뒤, 서울에서 내려온 안나의 어머니와 처음으로 밥상 앞에 마주앉았다.

"밥 좀 같이 먹어요. 산 사람은 살아야지."

말은 그렇게 했지만, 안나의 어머니는 수저를 들자마자 이내 내려놓고 말았다.

"꿈이 뭐예요?"

"색소폰 연주자가 되려고 합니다."

나는 망설이다가, 솔직하게 말해 주었다.

"그건 불안정한 직업이에요. 선생님이나 공무원 준비를 하는 게 좋을 거예요."

안나의 어머니는 고개를 돌려, 경대 위에 놓인 안나의 영정을 바라보았다.

"피아노 연습을 시킨다고, 친구들하고 어울리지도 못하게 하고, 중학교 수학여행도 못 보내고……."

"너만큼 딸 잘 키우려고 한 사람이 어디 있겠나? 대한민국을 다 찾아봐도 없을 거다."

안나의 외할머니가 말했다.

"어렸을 때 아빠가 돌아가시고 난 뒤, 안나 주변에 남자라곤 없었어요." 안나 어머니가 말했다. "그러던 안나가 언젠가 말했어요. 좋아하는 사람이 생겼다고. 그 사람 옆에만 있으면 힘이 나고, 아픈 게 다 잊혀지고, 희망이 생긴다고……. 그 애가 누군가를 사랑할 나이가 됐다는 걸 처음 알았지요. 그 상대가 안나보다 열 살이나 많다는 걸 알고 놀랐지만, 지금 생각해 보면 그나마 사랑이라도 해 보고 죽었다니……."

순간, 안나 어머니가 내 친어머니 같다는 생각이 들었다. 다섯 살 때 돌아가신 엄마 품속을 되찾은 듯, 나는 그분 품에 안겨서 목 놓아 엉엉 울고만 싶었다.

"서울에서 전화 하면, 엄마 나 여기가 좋아, 나 병 나아도 여기서 학교 다니면 안 돼? 그렇게 말하던 애가……."

안나 어머니는 나를 쳐다보았다.

그리고 다시 흐느꼈다.

"총각은 곧 우리 안나를 잊겠지. 세상에 여자는 많으니까. 그래도 괜찮아요. 그렇더라도 우리 안나에겐 총각과 함께 한 시간들이 영원이었을 테니까……."

아침에 일어나면 나는 이슬 머금은 풀꽃들을 헤치며 안나의 무덤가에 올라가 안나가 좋아하던 노래를 색소폰으로 불었다.

안나는 가요보다는 가곡을 좋아했었다. 낮에는 그녀가 좋아하는 들꽃들을 화분에 담아 무덤가에 놓아주었다.

**며칠 뒤,** 안나의 어머니가 안나의 무덤으로 나를 찾아왔다. 유품을 정리하다가, 나에게 연필로 쓴 편지를 발견했다는 것이다.

오빠!

에델바이스 캐러 간다더니 왜 안 오는 거야.

기다리는 일초 일초가 너무나 소중하게 느껴져.

떠오르는 오빠의 모습, 새들의 울음소리,

먼 방죽길 아래 시냇물 소리, 바람소리, 꽃향기…….

모두 소중하고 정겹게 느껴져.


그런데, 난 아무래도……

오빠 못 보고 죽을 것 같아.

이 글 쓸 힘도 없어.

나는 왜 오래 살 수 없는 운명으로 태어났을까.

금방 나을 줄로만 알았어.

정말, 오빠의 신부가 되고 싶었는데…….


오빠가 희망을 주었고

오빠 곁에서처럼 행복한 석이 없었는데,

나의 목숨은 왜 이렇게 짧은 걸까.

오빠에게 사랑한다는 말도 실컷 하지 못했는데…….

그래도 무엇과도 바꿀 수 없는,

오빠의 사랑을 받았기에 기뻐!

오빠를 생각하면 죽기 싫어.

이런 감정 처음이거든.

누군가를 좋아해서 행복해지고,

그 사람만 생각하면 눈물겹도록 고맙고…….


오빠, 연주자의 꿈을 포기하지 마.

자기가 하고 싶은 일을 하며 살 수 있는 게

얼마나 행복한 일이고 축복 받은 삶인지 이제서야 알 것 같아.


오빠! 세상에서 가장 아름다운 것이 뭘까?

꽃이겠지.


오빠가 에델바이스 캐는 모습을 꿈에서 보았어.

오빠와 내가 본 들꽃들보다 더 아름다운,

세상에서 가장 아름다운 야생화가 뭘까?

그런 꽃이 정말 있다면 보고 싶다.

아마, 어딘가에는…… 있겠지?


오빠, 혹시라도 나중에 그 꽃을 찾거든

내 무덤가에 꼭 심어주지 않을래? 부탁할게!


118

또 하나의 편지는 밀봉되어 있었고, 겉봉엔 세상에서 가장 아름
다운 꽃을 찾으면 그때 읽어달라고 써 있었다.

안나가 없는 세상은 나에겐 아무런 의미가 없었다. 하지만 그 편지로 인해 나는 세상에서 해야 할 일이 생겼다.

다음 날, 나는 배낭 하나를 메고 고향을 떠났다.


나는 겨울에만 연주자로 일하면서, 봄부터 가을까지 세상에서 가장 아름다운 들꽃을 찾기 위해 나섰다.

하지만 사실은 혼자가 아니었다. 길가의 작은 꽃 한 송이, 나무에 앉아 있는 작은 새 한 마리에서도 안나의 숨결을 느낄 수 있었으니까.

안나는 미지의 세상으로 날 항상 이끌었고, 나는 안나의 나무를 가슴에 키운 채, 세상을 함께 여행했다.

마흔 살이 되던 해, 나는 교통사고로 한쪽 손가락을 다쳤다.
더 이상 색소폰 연주자로 살 수 없게 되었지만 슬프지는 않았다.
평생 연주자로 살고 싶었는데, 그나마도 나의 뜻대로 되지 않았
다. 그러나 이미 나는 안나를 만나기 위해 이 세상에 태어났다는
걸 알고 있었다. 그래서 신의 뜻이거니 하고 단념할 수 있었다.

그 후로 겨울이 오면 들꽃에 대한 공부를 했다. 방 안에서도 들꽃을 키웠다.

그 사이에도 일 년에 한두 번씩은 꼭 안나의 무덤가에서 밤을 새우며 들꽃들의 이야기를 들려주었다. 여행하면서 함께 본 들꽃이었지만 안나의 무덤 곁에서 들려줄 때면 새로웠다.

어떤 날은 안나의 목소리가 들려올 때도 있었다.


우리 반달을 하나로 합치지 않을래요?


안나는 나에게 아직도 열여섯 살이다. 벌써 40년이 흘렀지만, 나는 여전히 스물여섯 살이다.

세상의 시간은 나와 상관없는 것이다. 내가 왜 세상의 시간에 속해 있어야 한단 말인가?

이 글을 쓰는 지금도 내 믿음엔 변함이 없다.

천생연분을 만나 첫눈에 사랑에 빠진다는 건, 일생에 두 번 일어날 수 없는 것. 내 반쪽은 세상에 단 하나뿐이고, 그 대상을 발견했을 때 나는 사랑에 빠진 축복 받은 사람이란 것.


하지만 아직도 나는 세상에서 가장 아름다운 꽃이 무슨 꽃인지 알지 못한다.

꽃들은 저마다 다 아름답기 때문이다.

이 꽃이 저 꽃보다 아름답다고 말할 수는 없다. 아무리 작은 꽃이라도 가만히 들여다보며 마음을 주면 그렇게 곱고 아름답고 향기로울 수가 없다. 그래서 안나의 밀봉된 편지는 아직도 뜯지 못하고 있다. 벌써 40여 년이 지났는데…….

이 수기를 쓰기 시작한 지는 몇 달 되지 않는다. 지난 해 안나의 생일 선물로 줄 꽃씨들을 안고 고향을 찾아가다가, 배에 통증을 느끼고 길가에 쓰러진 적이 있었다. 길에서 넘어지고 낭떠러지에서 구른 게 한두 번이 아닌데, 깨어나 보니 병원이었다.

의사는 몇 가지 검사를 했다. 그리고 며칠 뒤, 간암으로 의심이 간다며, 정밀검사를 해봐야 정확한 병명을 알 수 있다고 했다.

나는 정밀검사를 받지 않았다. 치료비도 없었고, 죽음에 대한 예고는 두려움이기보다 축복이고 환희라는 생각이 들었던 것이다. 죽음은 안나에게 빨리 달려갈 수 있는 내 기다림의 완성이었다.

그렇지만 내 삶이 얼마 남지 않았을지도 모른다는 생각을 한 뒤부턴 아쉬움이 생겨났다. 내 삶에는 후회가 없었지만, 그런 사랑을 할 수 있게 해 준 세상에 아무것도 남겨 놓지 못하고 떠나기 때문이었다. 누구나 세상에 빈 몸으로 왔다가 빈 몸으로 간다지만, 그래도 세상에 존재했으니, 떠나기 전에 누군가에게 공기 한 줌이라도 따뜻한 입김으로 덥혀줄 수 있다면, 세상은 그런 공기들이 모여 포근해지고 평화로워질 것이라는 믿음.

그것은 풀꽃들에게서 배운 진리이다. 그토록 아름다운 빛과 향기를 가졌으면서도, 풀꽃들은 가장 아름다운 꽃을 피우고 향기를 나눠주며 그 주변까지도 아름답게 만든다.

그래서 나는 이 글을 쓰기 시작했다.

세상의 모든 꽃이 저마다 아름답듯이 당신의 사랑도 내 사랑 못지않게 아름답다는 이 이야기라도 남겨 놓고 싶었다. 혹시라도 사랑의 슬픔으로 사별의 슬픔으로 힘들어하는 사람에게 내 이야기가 다정한 위로가 될지도 모르기 때문에……

그리고 또 하나의 이유가 있다.

나는 사실 안나에게 한 장의 편지도 써본 적이 없었다. 그래서 안나에게 보내는 나의 처음이자 마지막 편지를 이렇게 쓰게 된 것이다.

봄이다
어김없이 꽃이 피고 보리 이삭이
출렁인다.

나는 색소폰 하나 메고
떠돌며
세상에서 가장 아름다운
꽃을 찾으며 노래 부른다

신께 기도하는 사람들을 보면
그들 속으로 들어가
안나를 위해 기도한다.
안나를 기다리는 내 여정은
길지만 외롭지 않다.

언젠가 길가에 쓰러져 있는데, 은빛이 쏟아져 내리더니 천사의 모습을 한 안나가 나타났다. 안나는 손으로 내 얼굴을 만졌고, 순간 아픔이 싹 씻겨 나갔다.

나는 일어나 앉았다. 너무나 반가워 안나의 손을 잡으려다가 멈췄다. 안나는 여전히 열여섯 살 아름다운 모습이었지만 나는 어느새 노인이 되어 있었던 것이다. 영원히 스물여섯 살이라고 믿고 살았는데…….

"이제 너와 같이 있고 싶어. 더 이상 떨어져 있기 싫구나. 하지만 쭈그렁탱이 얼굴로 더 이상 너를 기다릴 수도 사랑할 자격도 없는 것 같아 괴로워."

그러자 안나가 말했다.

"오빠! 생명은 하느님이 주시는 거야. 하느님이 허락하신 그날까지 산다는 게 인생의 의미야. 오빠는 노인이 된 세상의 모습을 보지만 나의 눈엔 아직도 스물여섯 살의 오빠야! 오빠 얼굴은 세상의 그 어떤 나무보다도, 그 어떤 꽃보다도 더 아름다워."

그 말을 남기고 안나는 홀연히 사라졌다. 그 뒤로 안나는 더 이상 나타나지 않았다.

나타나엘 수녀는 노트를 들고 창가로 가, 밤하늘을 바라보았다. 노트를 읽는 동안 파도가 나타나엘 수녀의 가슴속에서 출렁거렸다. 그 출렁임이 인생의 길로 자신을 이끌고 가는 삶의 의미라는 걸 알아차리는 데에는 오랜 시간이 필요치 않았다.

문득, 유난히 반짝이는 별 하나가 나타나엘 수녀의 가슴으로 들어왔다.


이렇게 따뜻한 별도 있구나!


그 별을 보고 있자니, 나타나엘 수녀의 가슴은 점점 더 포근해졌고, 마침내 누군가에게 나누어 수고 싶어졌나.

나타나엘 수녀와 원장수녀는 현덕의 유해가 담긴 단지를 들고 그의 고향으로 찾아갔다. 현덕의 고향에 가까이 갔을 땐, 청보리밭 이삭이 물결치듯 했고 나비 떼들이 춤추고 있었다.

"아직도 그 방죽길이 남아 있을까요?"

나타나엘 수녀가 물었다.

"글쎄요, 남아 있을 것 같네요. 워낙 산골 마을이고, 또 그 노인이 개발을 막았을 테니까요."

"그런 첫사랑이 있었더라도, 웬만한 사람은 새로운 사람을 찾았을 텐데…… 그분은 왜 안나라는 여자만을 기다리며 살았을까요?"

"우리에게 사랑의 소중함을 가르쳐주신 건 예수님이잖아요. 그분에게는 안나라는 여자가 예수님처럼 사랑의 소중함을 알려준 사람이었을 거예요. 우리가 예수님께 마음 주고 인생을 다 내주듯, 그분도 자기의 모든 것을 주는 사랑은 한 번으로 충분하다고 생각했던 것이겠죠."

"왜 세상 사람들은 그런 사랑을 하지 못하며 살까요?"

"누구나 그런 사랑을 할 거예요. 하지만 그 소중함을 깨닫지 못하는 거지요. 소중함을 깨닫는 능력이 누구에게나 있는 건 아니니까……"

나타나엘 수녀와 원장 수녀는 함께 산길을 올랐다.

안나의 무덤은 꽃으로 뒤덮여 있었다. 무덤에 오르는 길도 그랬다고 한다.

한동안 무덤만 바라보고 서 있던 나타나엘 수녀가 방죽을 내려다보고 있는 원장수녀에게 말했다.

"참, 그분 노트 읽고 감명 받아서 제가 시를 썼거든요."

"아! 수녀님이 전에 시를 쓰셨다고 했죠?"

"부끄럽네요. 등단 같은 건 안 하고, 대학교 때 학보에 몇 번 실린 적은 있어요."

"궁금하네요. 어떤 시인지."

나타나엘 수녀는 나에게도 들려준 적이 있는 시를 낭송하기 시작했다.

첫사랑!

그것은
축복 받은 이에겐
운명
억센 사람에겐
통과의례


나는 그 세례 받고 평생 행복했다네
그 사랑 담고
영원히 세상 맴돌았다네
세상에서 가장 아름다운
풀꽃 한송이 찾아 나서며


하지만 그건 핑계였다네
바람 따라 물 따라
그 사랑 지키려 했다네
하늘로 올라가면
별이 되는 사랑
놓아주지 않고 품고 있었다네

시 낭송이 끝난 뒤, 두 수녀는 안나의 무덤가에 노인이 세상에
남긴 하얀 재를 뿌려주었다.

그리고 그 옛날 청년 현덕과 처녀 안나가 걸었을 방죽길을 내려
다보며 눈물을 흘렸다고 한다.


방죽길에서, 나타나엘 수녀는 밀봉되어 있는 안나의 편지를 뜯
었다. 세상에서 가장 아름다운 꽃을 찾았을 때 뜯어보라던 안나의
유서 같은 편지를.

연필로 꼭꼭 눌러 쓴 편지였다.

오빠!

세상에서 가장 아름다운 꽃을 정말 찾았구나!

오빠가 그렇다면 맞을 거야.

고마워.

하지만 그 꽃도 언젠가는 시들어버리겠지.

하지만 내가 오빠를 좋아하고 오빠가 나를 좋아할 때 만들어진 사랑이란 꽃은 영원하겠지?

지금도 만들어지고 있는 기다림이란 꽃도 영원하겠지.

나 그 꽃 안고, 천국에서, 오빠가 세상을 아름답게 살 수 있도록 응원할게!

힘내, 오빠!


은안나

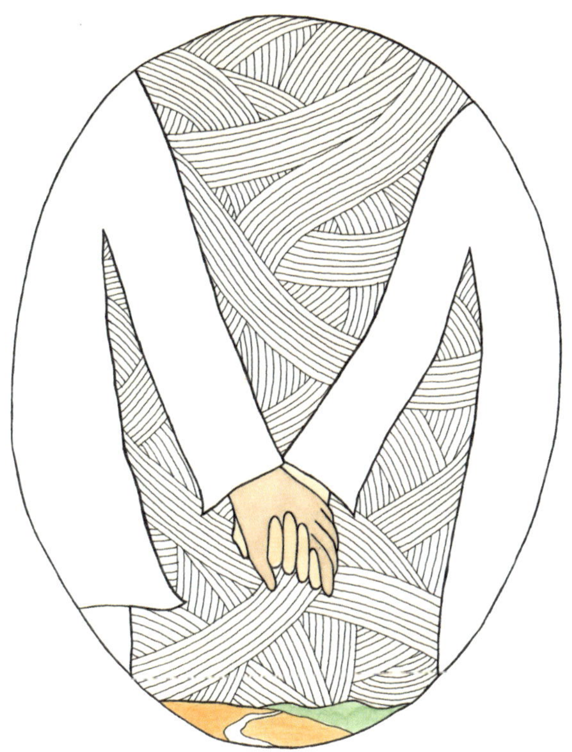

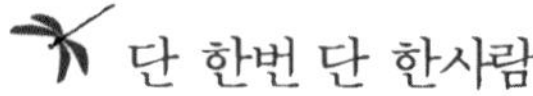

단 한번 단 한사람

**펴낸날** 2004년 2월 6일 초판 1쇄 | 2004년 2월 10일 초판 1쇄 발행

**지은이** 신구비 | **그린이** 박홍미 · 이춘동 | **펴낸이** 이숙경
**주간** 권태현 | **기획위원** 이흔복 | **편집** 원종국 김혜정 이영란 이호택 | **디자인** 임용순 이현정
**마케팅** 강진호 이용준 | **관리** 이은자

**펴낸곳** 이가서 | **주소** 서울시 마포구 서교동 330-1 2F | **전화** 02-336-3503
　　　 **팩스** 02-336-3009 | **이메일** leegaseo@naver.com | **등록번호** 제10-2539호

ISBN 89-90365-61-9  03810